꽃 피는 봄날

P.S 미래시선 7

꽃 피는 봄날

정든역 시집

그냥이란 말로도 설명이 되지 않았다.
별다른 이유도 없었던 것 같다.
그렇게 한참 눈물을 흘렸다.
꿈에도 생각 못 한 일이 현실로 다가왔다.
자신과의 싸움에서 승리한 기쁨이었다.

그동안 내가 살아온 시간은 포기할 수 없었던
긴 시간과 싸움의 연속이었다.
때가 되면 한 폭 두 폭 아름답게 올망졸망
끊임없이 피어나는 채송화처럼,
내 인생의 가장 아름다운 순간이 시들어 갈 때,
나무에서 한 줄기 새로운 생명이 돋아나는 바로 그 기분
이라고 해야 할 것이다.

오늘도 한 자 한 자 시를 써 내려간다.

항상 나를 지켜봐 주고 응원하는 사랑하는 아들, 딸과 남편에게 가장 먼저 고마운 마음을 전한다.

그리고 함께 글을 쓰는 동안 힘이 되어준 달무리동인회 달빛문학회 회원들에게도 머리 숙여 감사드린다.

지금 나는 내 인생에서 가장 소중한 시간을 보내고 있다.

앞으로도 자만하지 않고 부지런히

좋은 글을 쓰는 시인으로 살아갈 것을 다짐한다.

오늘 나는 그래서 그냥 행복하다.

그리고 나는 다시 태어났다.

2024년 7월 하순 어느 날

정든역, 역장이 되다

차례

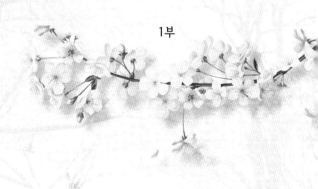

1부

꽃 피는 봄날

가족 텃밭

열 걸음 남짓한
세 줄짜리 텃밭은 나의 보물이다

4월이 오기도 전에
무엇을 심을지 생각하다가
가슴이 벅차오른다

오이 토마토 호박 상추를 심고
새싹이 돋아나오는 걸
애타게 바라보는 마음은
정말로 흐뭇하다

가족들에게 건강한 채소를
먹이기 위해
어린아이 같은 발걸음으로
아침마다 텃밭으로 향하는 마음은
고요하고 신비롭다

하늘이 내려주는 자연의 선물을
받을 생각에 온몸이 떨려온다

인생 소주

아침부터 비가 부슬부슬 내린다
김치전을 부쳐서 소주 한 잔을 하다보니
지나온 시간이 주마등처럼 떠오른다
겁 없이 기고만장하던 이십 대,
결혼을 하고 아이를 낳아 기르던 삼십 대,
먹고 살겠다고 기를 쓰고
생업 전선에 뛰어들었던 사십 대,
그리고 어느덧 중년이 되어
이순을 눈앞에 두고 보니
내 고단한 순간을 버티게 해 준 것은
한 잔의 소주였다
이제는 아이들도 자기 길을 알아서 걸어 가고
남편도 자기 일에 최선을 다하고
나만 잘하면 된다는 생각에
오늘은 빗소리를 안주 삼아
또 한 잔의 소주를 마신다

마약인가 마법인가

어두컴컴한 새벽,
발길을 재촉하며 친구네 고구마밭으로 향한다
의리가 뭔지, 돈이 뭔지
몸은 천근만근인데
옆 사람이 누군지도 모를 새벽길을 나서
고구마밭에 도착한다
끝이 보이지 않는다
아픈 다리를 이끌고 작업을 시작했다
쪼그려 앉아 한 골 한 골,
호미질을 할 때마다 무릎에서 통증이 밀려온다
도저히 버틸 수가 없었다
남편이 아플 때마다 먹는
마약 같은 진통제를 털어넣었다
한 시간쯤 지나자 거짓말처럼 통증이 사라졌다
한결 가뿐해진 기분으로 호미질에 박차를 가했다
해는 뉘엿뉘엿, 밭은 끝나가고 있었다
저물어 돌아오는 길, 까마귀가 따라와
까악까악, 위로의 말을 건넸다

방구쟁이 우리 아버지

내 나이 열세 살,
고추가 한창 무르익을 무렵이었다
밥을 물에 말아서 청양고추를 된장에 찍어 드시는 걸
좋아하셨던 아버지가 툇마루에서 부르셨다
"성민아 밥 먹자"
삐걱거리는 양은 쟁반상에 밥을 차려
툇마루에 올라서는 순간
"빠~~~앙!" 하는 대포 소리가 나서
너무 놀라 밥상을 엎고 그 자리에 주저앉고 말았다
이것을 시작으로
빵, 빵, 빵, 뿡, 뿡, 뿡, 뿡
무려 여덟 번이나 대포 소리가 나고 나는 너무 놀라
울음 반, 웃음 반
혼이 나간 내 모습을 보시고 아버지는
배꼽을 잡고 웃으셨다
아버지는 방구대회에서도 무려 열두 방을 뀌시고
당당하게 우승을 거머쥐고
부상으로 돼지 반 마리를 받아
푸성귀로 연명하던 밥상에 모처럼
고기 파티를 열어주셨다
육 남매 중 넷째인 나를 유독 예뻐하였던 아버지,
이젠 어디서 방귀 소리만 들어도
아버지 생각이 난다

시절 탱이

김장하는 날이다
아침부터 이리저리 분주하다
강아지도 덩달아 뛰어다니고
뒤꼍의 닭들도 푸드덕거린다
멧닭, 청닭, 암탉, 열댓 마리가
한꺼번에 횃대 위로 날아올랐다가
시도 때도 없이 울어댄다
맛있는 배춧잎을 주어도 그때뿐이다
김장 소를 넣던 언니가 소리쳤다
"시끄럽게 울어대는 놈들부터
잡아먹는다"
말귀를 알아들었을까
철없는 시절 탱이들 일순 조용해졌다
말귀를 못 알아듣는 건 아무래도
사람뿐인 것 같다

밥심

사는 일은 힘을 쓰는 일이다
시어머니 눈치 보며 밭일할 때도 밥심으로 하고
우리 스님 중생들 잘되라고 염불하실 때도
밥심으로 하고
우리 아들 머리 쓰며 공부할 때도
밥심으로 하고
우리 딸 정성을 다해 일할 때도
밥심으로 하고
우리 남편 뚝딱, 뚝딱 일할 때도
밥심으로 한다
젖 먹던 힘까지 다 쓰고 나면
밥을 먹어야 힘이 생긴다
윤기 자르르 흐르는 밥이
입안에 들어가야 기운이 생긴다
똥을 밀어낼 때도
밥심이 있어야 살아남는다

꽃피는 봄날

따뜻한 봄날 천지 만물이 눈을 뜬다
누가 먼저날 것도 없이
사방에서 꽃잎이 피어나고
새싹이 돋아나느라 분주하다
질경이, 소리쟁이, 망초대, 가시상추
눈개승마, 쑥부쟁이
수줍게 돋아나 입맛을 당긴다
냉이꽃이 필 때쯤이면
농부의 호미질도 바빠지고
배꽃이 필 때쯤이면
모내기로 분주해진다
옆집 새댁 치맛바람 휘날릴 때쯤이면
민들레, 애기똥풀꽃 만발하고
어린 시절 추억이 돋아나와
한바탕 이야기꽃을 피운다

백사白蛇가 천사天使로 오던 날

삼십 수년 전 산자락 아래
장승 두 개가 서 있는
성황당을 지나갔었다
지나가기만 해도 머리털이 쭈뼛하고
서는 곳이었다
어머니가 매일 정화수 떠 놓고 빌던 곳이었다
그리고 며칠 뒤 꿈을 꾸었는데
성황당을 지나가다 밭이랑에 걸려 넘어지고 말았다
그곳에는 뱀이 우글거리고 있었고
난 꿈속에서 징그럽고 무서워 벌벌 떨고 있었는데
그중에서 새하얀 뱀 한 마리가
내 품속으로 쏙 들어왔다.
눈망울이 초롱초롱하고 어여쁜 모습이었다
그리고 열 달 뒤, 사랑스런 딸이 태어났다

나만의 궁전에 들다

서걱서걱
사각사각
낙엽을 밟으며 산을 오른다
몸에 좋은 약초와 버섯을 따러
끝이 보이지 않는 산을 오른다
가슴까지 차오른 낙엽을 헤치며
바위를 지나고 벼랑을 지나고
매발톱처럼 눈을 치켜뜨고
바람이 밀어주는 방향을 따라
한 걸음 한 걸음 발길을 옮긴다
하늘이 코앞에 닿을 때쯤
마중 나온 뱀도 놀라 달아난 자리,
노루궁뎅이 버섯이 보물처럼 나타났다
드디어 나의 궁전에 빛이 들었다

화

나는 나다
누군가로 인해 화가 난다면
나는 나를 미워하게 될지도 모른다

버리고 싶어도 버리지 못하고
품고 가자니 애물 덩어리인걸

나는 여전히 나인데
산세 좋고 물 좋은 산골로 들어가
부처님께 간절한 염원을 빌고 나면
좋아지려나?

나는 그냥 나일 뿐인데

나의 보물

오랜만에 네 식구가
한사리에 모여 늦은 저녁을 먹는다

갑상샘 선종을 떼어낸 지
일 년이 넘었다
그동안 힘없이 집에만 있었더니
나만의 삶을 찾으라는
가족들의 성화가 빗발쳤다

좋아하는 거
하고 싶은 거
다 하라고 힘을 실어주는
가족들의 응원에 저절로 힘이 났다

날 믿어 주고
날 밀어 주는
가족이 있다는 사실이 든든하다

이런 식구들이 있는데 뭔들 못하랴
낼모레가 보름이다
달은 이미 터질 듯이 부풀어 오르고 있었다

그래, 행복에 미처 보자
내가 좋아하는 시를 써 보자
어깨에 저절로 힘이 들어갔다

아버지의 짐자전거

면 소재지 오일 장터엔
시끌벅적한 노랫소리와 함께
간간이 장사꾼들의 외침이 들려온다
신발 사유, 뻔데기 사유,
둘이 먹다 둘 다 죽어도 몰라유,
말만 잘하면 공짜유,
내가 아버지를 만난 건 시장 한복판
나무 괘짝 위에 막걸리와 안주를 올려놓고
거나해진 목소리로 "아리랑, 아리랑, 아라리요"
"내 마누라가 세상에서 최고에유,"
"아이고 아버지 언능 가유,
엄마 아시면 다리 몽뎅이 부러져유"
아버지는 대답 대신 한 번 씩 웃으시고는
커다란 짐자전거에 나를 태우고
이리 비틀 저리 비틀
벼가 내 키만큼 자란 논바닥으로
곤두박질치고 말았다
내 다리에선 피가 흐르고 머리엔 혹이 났는데
아버지는 볏짚을 베개 삼아 코를 골며 잠이 드셨다
난 그만 그 자리에 돌이 된 채로 한참을 서 있었다
이제는 돌아올 수 없는 그 시절의 아버지,
오늘은 막걸리 한 사발에
그 시절의 노래라도 따라 불러야겠다

밤 사냥

원주에서 고흥까지 여섯 시간을 달려
밤 사냥을 갔다
산 넘고 물 건너 바닷가에 도착해서
어머니가 차려 주는 밥상을 물리자마자
밤 사냥을 나섰다
장화 신고 호미 들고 양동이 들고
완전무장을 한 간첩들마냥
칠흑 같은 바다에 랜턴 하나만 비추며
사냥을 시작했다
바위틈에서 해삼이랑 멍게랑 한참을 주워 담다가
멀리서 친구가 부르는 소리에 깜짝 놀라
주위를 돌아보니 적막강산에 아무도 안 보였다
그 순간, 걸음아 나 살려라
무서운 것도 잊어버린 채 친구 곁으로 달려갔다
"누가 잡아가면 어쩌려고 그 멀리까지 갔냐?"
"옆에서 떨어지지 말고 잘 붙어 다녀야?"
충청도 아줌마가 전라도에 갔더니 하루도 안 지나
저절로 전라도 사투리가 나왔다
돌아와서 세어 보니 해삼 구십 마리에
키조개에 소라, 미역까지 따서
어머니 품으로 돌아가는 길,
시간을 보니 새벽 6시가 지나고 있었다
수십 년 묵은 스트레스가 한 방에 날아갔다
"아따, 오늘 기분 최고랑께"

보물을 캔다

어제는 뒤 고랑
오늘은 앞 고랑
그렇게 오늘도 보물을 캔다
손은 섬섬옥수를 포기한 지 오래다
부러지고 잘린 손톱은 시커멓게 물들고
터널에 눌러앉은 짐승처럼 군살만 늘어간다
오늘은 바람을 등에 지고
앞산에 올라야겠다
눈에 넣어도 아프지 않은 두 아이들을 바라보며
젊어서 고생은 사서도 한다는데
손톱이 다 닳아도 시간 가는 줄 모르겠다
구석구석 쌓여 가는 보물들을 눈이 부시게 바라보며
하루의 시간을 선물처럼 마감한다

봄은 나를 미치게 한다

봄이로구나
한순간도 예측할 수 없는
봄이로구나
오만 가지 약초와 나물들이 숨을 쉬는,
봉화산에서 문막까지 질주하며
산세 좋은 들판에서 무엇부터 뜯어야 할지
마음이 앞선다
개울가에는 다슬기가 엉금엉금 기어가다
내 눈을 마주치자 모래 속으로 들어가고
달래 냉이 쑥 곰보배추 나물들이 나를 반긴다
돈 한 푼 안 드는 천연 마트에서
신나게 장을 본다
뜨거운 햇볕 속을 뚫고
달래를 십 킬로그램이나 캤다
봄이 나를 이끄는 대로 움직였을 뿐인데
내 손엔 풍성한 보너스가 들려졌다

2부

아버지의 그림자

멋쟁이 아들

내성적이던 아들이 변했다
중학교 2학년인데 벌써 키가 182센티다
학교에선 부반장이 되더니
웃음도 많아지고 활달해졌다
듬직해진 아들이 요즘 말로 짱이란다
매너도 좋아서 허구한 날 집안이 북새통이다
어려서부터 운동을 좋아해 태권도는 4품을 따고
대회만 나가면 1등을 한다
농구도 잘하고 볼링도 잘하고
조금만 노력하면 프로 선수도 가능하다는데
비나이다, 비나이다
부처님, 하느님 우리 아들 건강하고 착하게
멋진 아들로 성장하길 두 손 모아 비나이다

봄에는 개떡을 먹어야 한다

바람이 살랑거리는 들녘,
사방에 쑥 천지다
하루가 다르게 쑥쑥 자란다고
쑥이라고 했던가

그냥 먹으면 쓰지만
떡을 해 먹으면 감칠맛이 나는
약으로 먹어도 좋고
차로 마셔도 좋은 그것을,

두꺼비 같은 손으로 조물조물 빚어내어
밥물 위에 얹으면
찰떡같은 개떡이 입맛을 부추긴다

봄에는 역시
처음 나온 쑥으로 빚은 쑥개떡이 최고다

아버지의 그림자

어제부터 비가 내린다
내일은 집에서 모를 심는 날이다
때마침 비가 내려서 다행이다

초등학교 3학년 무렵부터
들밥을 해 나르기 시작한 기억이
새록새록 떠오른다
누가 시키지도 않았는데
가마솥에 불을 지펴 보리밥을 한 솥 안치고
들통엔 동태찌개를 한가득 끓였다
고등어를 굽고 봄나물을 무쳐
한 상 가득 머리에 이고 배달을 했다
들에서 힘드실 아버지를 생각하며
막걸리도 한 주전자 들고 간다
아버지는 밥상보다 막걸리를 먼저 받아들고
함박웃음을 지으셨다
"아이고, 우리 딸 잘했다"
"우리 딸 최고야"
그 한 마디에 고단했던 들밥 나르기도 한순간에
눈 녹듯 사라졌다

그 시절은 다시 올 수 없지만
내 가슴 속에
아버지의 그림자는 선명하게 남아 있다

인삼꽃

상쾌한 새벽, 그놈을 만나러 간다
정을 주지 말았어야 하는데
어두침침한 그늘을 헤집고
그놈 멱을 따러 간다

끝도 안 보이는
이랑을 일렬로 늘어서서
싱싱한 모가지를 꺾는다

미안함은 뒷전이다
맛은 일품이고
몸보신에도 최고다

6년 후, 사람 닮은 형상으로
세상에 나타날 그놈을
토종닭 한 마리 잡아 놓고
푹 고아서 가족들 먹이면
얼마나 기력이 살아날까?

모가지를 꺾어주어야
튼튼하고 건강하게 자랄 운명인
그놈은
해마다 봄이 오면 홍역을 앓아야 한다

빈 껍질로 포장된다

어린 시절부터 지금까지 걸어온 시간을 생각한다
예닐곱 살 무렵엔
빵을 먹는 친구가 부러웠고
운동회 날엔 운동화가 없어서
학교에 가지 않았다
사춘기 시절엔 예쁜 옷이 없어서
언니의 옷을 물려 입으며 설움을 달래야 했다
그러는 사이 나는 나도 모르게
겉포장에 익숙한 사람이 되어 있었다
이것저것 무엇을 해봐도
난 겉치레에 익숙한 인생을 살고 있었다
이제는 빈 껍질을 벗어버리고
나만의 모습을 찾아가고 싶다
깃털처럼 가벼운 마음으로
자유로운 허공 속을 훨훨 날아가고 싶다

자매는 겁이 없다

어둠이 내리기 시작한 으슥한 밤,
개울 속엔 은빛 피라미들이
안심한 듯 유유자적 놀고 있다

언니와 난 불빛 하나에 의지해
밤눈 어두운 물고기도 잡고
다슬기도 잡았다

짜릿한 손맛에 빠져
정신없이 잡다 보니
추위가 몰려오기 시작했다

물 밖에선 모닥불이 타오르고 있었다
막걸리 한 사발 들이켜고 나니
몸은 스르르 녹기 시작했다

밖에서 말없이 지켜보던 남편들이
한마디 했다
자매들은 용감하다고

고단한 하루를 보내며

햇볕이 뜨겁게 내리쬐는 하지 무렵
불 지필 준비를 한다
마른 나뭇가지를 한 가닥씩 모아
일렬로 정리하고 있는 힘을 다해
가지를 잘라낸다
불을 지피자마자 활활 타들어 가며
굴뚝엔 시커먼 그을음과 아궁이엔
하얀 재가 쌓이기 시작한다
나무가 다 타고 나면
또다시 불을 지핀다
뜨거운 햇볕 아래서 이마엔 국숫가락 같은
땀방울이 흘러내린다
불 앞에서 하루 일과를 마치고 돌아가는 길
백미러에 비친 내 모습을 보니
시커먼 그을음이 한 줌이다
오늘로 마늘 캐는 작업도 일주일째다
새벽잠을 설친 탓에 연신 잠이 쏟아진다
앞산 중턱엔 해가 뉘엿뉘엿,
여름 한나절이 저물어 가고 있다

마음에 내리는 비

오늘도 어김없이 비가 내린다
손재주가 좋은 동생은
부처님께 공양할 연꽃을 정성스레 준비했다
말기 암의 통증을 견디면서 삶의 끈을 놓지 않고
자신만의 길을 걸어가던 동생은
언니가 무청 시래기에 멸치를 넣고 바글바글
끓여준 된장찌개가 세상에서 가장 맛있다고 했었다

태어난 지 며칠 되지도 않은 딸만 남겨 두고
어떻게 눈을 감았을까
사랑하는 남편이 아까워서 어떻게 혼자 먼 길 떠났을까
남은 사람들이 더 사랑할 시간도 주지 않고
다시 만날 수 없는 길을 떠났을까

내 그리움이 하늘에 닿으면
빗물로라도 응답이 올 수 있을까

개 같은 날의 오후

멧돼지는 배고픔을 못 이겨
인가를 찾아 내려왔다가
사람들이 놓은 덫에 걸리고 말았다

고라니는 사리분별 못 하고 도로에
뛰어들었다가 차에 치이고 말았다

꿩은 감자밭 한가운데 알을 낳았다가
트랙터 발길에 새끼를 모두 잃고 말았다

풀밭을 날아오른 암모기는 번식을 위해
사람 피를 빨다가 맞아 죽었다

사마귀는 모기 흉내를 내다가
두꺼비 먹이가 되고 말았다

지렁이는 흙 속에서 단잠에 빠져 있다가
농부의 삽날에 잘려 죽고 말았다

짐승도 벌레도 모두 죽고 나면
인간도 결국 죽고 말 텐데
무엇으로 생명을 이어갈 것인가

나도 할머니가 되고 싶다

딸이 집에 온다고 전화를 했다
순천에서 두 날 만에 친정에 들르는 것이다

얼마 지나지 않아 전화벨이 울렸다
불길한 예감은 언제나 비껴가지 않는다
"엄마, 나 오늘 못 가요"
"왜?"
"속이 안 좋아서…"
속이 안 좋다는 말에 남편과 눈빛을 마주하고
같은 상상을 했다
혹시 내가 할머니가 되려나?
생각만 해도 저절로 입가에 미소가 지어졌다
밤잠을 설쳐가며 온갖 상상을 했다
다음날 걱정이 돼서 딸에게 전화를 하니
지난밤 술을 너무 많이 마셔서
속이 안 좋았다고 했다
나는 어이가 없어서 웃고
딸은 황당해서 웃었다
그래도 좋았다
손주는 곧 생길 테니까

마데카솔

인생은 한 컷이다
돌덩이처럼 굳은 마음도
그 속을 열어 보면
상처투성이다
너도 한 컷 찍어 볼래?
세상 뭐 있어?
그렇게 가끔 기억을 박제하며
상처 난 자리마다
연고를 바르면서 살면 되지

만항재 숨바꼭질

만항재 정상에 오르면
그대가 있다
한 걸음 두 걸음 세 걸음
해발 1,330미터를 오르고 나면
그대를 닮은 내가 있다
너무나 닮아
서로를 향해 셔터를 누르다가
한순간 그대를 향해 손을 내밀었다
어느새 안개 속으로 사라진 그대는
연지곤지 찍고 수줍어하는 곤줄박이
날개 속으로 숨고 말았다

어묵 우동은 우동이 서비스다

우동 집에서 알바한 지 이 주가 지났다
모든 일은 쉬운 게 없다
정신없이 바쁜 저녁 시간,
눈 뜨고 코 베어 갈세라
전화벨은 계속 울린다
여보세요
원래 어묵 우동에 우동 면은 없나요?
잠시 침묵이 흘렀다
가슴이 철렁 내려앉았다
바쁘다 보니 면을 깜빡 한 것이다
요즘엔 면 따로 국물 따로 주나 봐요
시대가 좋아졌지요
면도 부탁드립니다
기가 막히고 코가 막힐 일이다
웃음 밖에 나오지 않았다
정신없이 지친 순간, 내가 나에게
뜻밖의 웃음을 선사했다

씨벌

한여름 더위가 가시기도 전에
벌써 겨울이 오는지
옷깃을 두드린다
서둘러 긴 옷으로 갈아입고
집집마다 바람막이를 준비하느라 분주하다
겨우내 먹을 식량도 준비한다
사람 손을 빌려 준비해야 할 것들이 많다
그렇지 않으면 벌은 몰살당하고 만다
벌 받게 해주세요
내년 봄에 씨벌이 되게 해주세요
애지중지 겨울을 나고
씨벌이 살아남아야
곡식도 열매를 맺고
향기 좋은 꽃들도 꿀을 선물로 내어 줄 것이다
씨벌이 살아야 모든 생명이 산다

미운 사랑

선물 같은 하루가 시작되었다
그러나 오늘은 어제의 그날이 아니다
일이 터지고 말았다
남편의 부러진 손가락이
수술한 지도 얼마 되지 않았는데
재수술을 해야 한다니 마음이 무겁다
남편의 우는 모습을 처음 보았다
억장이 무너지고 하늘이 노랗게 보였다
1년을 고생하며 보냈는데
또다시 그 시간을 견뎌야 하다니
여보, 마음 편히 가져요
속 태우지 말고…
당신 곁엔 내가 있잖아요
당신만 바라보는 자식들을 생각하며
힘내고 살아갑시다
난 항상 당신 편이니
흐르는 구름에게 근심일랑 띄워 보내고
바람처럼 홀가분하게 그렇게 살아갑시다

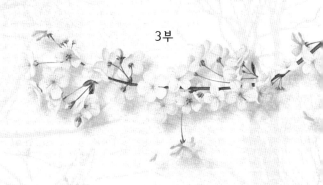

3부

만 원짜리 오빠

그 남자

그랬다
그 남자는 세 번의 수술을 받고
일 년 동안 상처를 안고 살았다
침묵은 길지 않았다
혼자 고통을 감수하는 동안
토닥토닥 마음을 두드려주었다
바싹 움츠러든 마음을
차마 내려놓지 못하고
칼날에 베인 흔적만
겨울비로 내리고 있다

다시 봄을 기다리며

가던 길 멈추고 뒤돌아본다
어디쯤 왔을까

낡고 텅 빈 지갑 속에는
명함 한 장 없이 초라하다
세월은 어디쯤 흘러가고 있는지
미련한 앨범 속 그리움만 가득하다

그래도 고단한 인생길 동행해 줄
한 사람이 있으니
이만하면 됐다

마주 잡은 우산 속으로 전해지는
따뜻한 온기가
나를 부축한다
다시 봄이 기다려진다

만 원짜리 오빠

세 살짜리 동생이 생겼다
입이 얼마나 영글었는지 두 손 두 발 다 들었다
오빠~~ 한 번 해봐
이잉~~~~
손주가 없는 할아버지가 만 원짜리를 내밀며
다시 사정을 했다
오빠 한 번 해봐
세 살짜리는 만 원을 바로 낚아채고
오빠, 오빠,
하하하
늙은 오빠 입이 귀에 걸렸다
만 원을 주고 세상을 다 얻었다
오늘 달무리 출판기념회는 완성되었다
미래에 올 손주에게 복채도 미리 주었으니
내 인생도 가불하고 싶은 밤이다

리턴 열두 살

덜그럭덜그럭
저벅저벅
언니~~~
누런 콧물을 흘리며
옥랑이가 나를 부른다
난 대꾸도 하지 않고
나만의 밀회를 즐기고 있다
유난히 밝은 달을 바라보며
리어카에 몸을 싣고
별을 세고 있었다
동짓날 밤, 잠도 안 자고
가위바위보를 하며
또 언니가 이겼네
두꺼운 솜이불에 몸을 묻어둔 채
밤새 별을 세던 그날의 기억이
어제처럼 눈에 선하다

새벽의 기도

새벽이 나를 깨웠다
아들이 출전하는 농구경기가 있는 날이다
다행히 비바람은 잦아들었다
아직 가시지 않은 한파에
찬 기운이 귀를 도려낼 듯하다
새벽하늘 높다랗게 십자가들이 보인다
십자가 끝에는 별빛들이 돋아나왔다
하늘이 내 기도를 들은 것일까
입에선 나도 모르게
간절한 염원이
불꽃처럼 타올랐다

정든역에서 나를 기다린다

내가 인생 열차에 올라탈 수 있도록
표를 끊어 주신 부모님은 안 계신다
나만 남겨 두고 급행열차를 타고
길을 떠나신 지 오래되었다

나는 어느 역에서 내려야 할까

내릴 곳을 알려주지도 않고
먼 길 떠나신 부모님은
어느 역을 지나고 계실까

마지막 기차가 떠나기 전에
내 손에 꼭 쥔 기차표를
잃어버리지 말아야 할 텐데
정든역 플랫폼을 홀로 서성이며
오지 않을 한 사람을 기다리고 있다

지갑을 잘 열어야 오래 산다

정말 그렇다면 살아볼 만하다

구두쇠나 수전노가 오래 사는 경우를 본 일이 없다
받는 것보다
베푸는 일이 백 배는 행복하기 때문이다

돈이 많아서도 아니고
마음이 넓어서도 아니다
함께한 사람이 좋고
함께한 시간들이 소중하기 때문이다

행복하게 오래 살고 싶으면
지금이라도
밥도 사고 술도 사고 차도 사라
복을 주는 사람은 그것을 받은 사람들이
입으로 지은 "고맙다, 잘 먹었다"는
진심이 하늘에 닿아
목숨이 길어지는 것이다

행복을 디자인하다

뚝배기 밥상을 차린다
직접 담근 된장을 풀고
바글바글 된장찌개가 용솟음칠 때쯤
자반고등어를 노릇하게 구워낸다

결혼을 앞두고 있는 착하고 예쁜 딸과
든든하고 멋진 아들과
나를 사랑하는 남편이 한자리에 앉는다

내가 가장 행복한 순간이다
지금 내 앞에 있는 사람들이
내 소중한 숨구멍이다

그리고 일주일에 한 번 공부를 끝내고
함께 밥을 먹는 동인들이
내 삶의 두 번째 숨구멍이다

내 삶을 향기롭게 일구는
꽃송이들이다

악몽

모두 잠든 새벽
스르르 문소리가 들린다
저벅저벅 발소리도 가까워진다
아들이 왔나?
뒤돌아보았다
캄캄한 어둠만 가득할 뿐
아무것도 보이지 않는다
고개를 옆으로 돌렸더니
형체를 알 수 없는 사람이
그라인더로 내 팔을 자르고 있었다
나는 살려 달라고 소리쳐야 하는데
입이 떨어지지 않았다
다리를 자르려고 다가왔다
그 순간 아침 햇살이 밀려와
창문을 열고 들어왔다
정체불명의 사내는 사라지고
솜이불 같은 햇살이 얼굴을 비추었다

한 끗 차이

겨울을 재촉하는 비가 내린다
누군가 창문을 두드리며 나를 부른다
바람에 날려 온 낙엽이
창문을 두드린다
여민 옷자락 사이로
찬바람이 들어온다
낭만이 밀려난 그 자리에
나를 한 뼘쯤 키워 줄
침묵이 기다리고 있었다

너 또 맨발로 왔냐?

처마 밑에 고드름이 아이스께끼처럼
주렁주렁 매달리던 시절이었다
장지문 문고리를 잡으면 손이 쩍쩍 달라붙었었다
그렇게 고단했던 겨울이 지나고
아침부터 봄비가 내리던 날,
새로 산 운동화가 젖을까 봐 발을 동동 구르고 있는데
"옜다, 이거 신고 가라"
엄마가 고무신을 던져 주셨다
대나무 비닐우산을 들고
발걸음을 재촉했다
새 운동화는 가방 속에 고이 모셔둔 채
발길을 재촉했다
하루 종일 발품을 팔아
자식들 등 따시고 배부르게 먹이고 입히려고
애쓰는 부모님 생각을 하며 교실에 도착했을 때는
발에서 피가 나고 머리에선 빗물이 뚝뚝 떨어졌다
내 모습을 보고 미자가 한마디 했다
너 또 맨발로 왔냐?

꽃화살

자식은 언제나 장수의 화살통 속
화살과 같다
장수가 시위를 당기기 전까지는 평온하지만
시위를 당기는 순간 팽팽해진다
부모의 마음은 다 그렇다
천지개벽이 되어도
나이가 들어도
자식은 언제나 속에 있다
자식을 향한 마음을 저울에 달 수는 없다
우리 엄마가 내게 그랬던 것처럼,
자식은 내 심장으로 얻은 꽃이기에….

무덤 위에 흘린 눈물

오랜만에 아버지 산소를 찾았다
내 기억의 타임머신은
삼십 년 전의 그날에 멈춰있다
한 평 남짓한 기억 속에 갇힌
아버지의 모습은 여전히 따뜻하고 인자하다
뜨거운 흔적이 쏟아진다
나도 어느덧 아버지의 나이가 되어
후회와 갈등의 고개를 넘어간다
해마다 봄이 오면 무덤가에
푸른 잔디가 돋아나듯이
내 그리움도 꿈결인 듯 돋아난다

엄마도 휴가가 필요하다

눈을 떠보니 병실 천장이 보였다
내가 죽은 건가, 생각하는 순간
"환자분, 환자분 정신 차리세요"
"엄마, 엄마, 내 목소리 들려요?"
그제야 기억이 돌아왔다
수술실 침대에 누워서
한순간 차가운 기운이 번지면서
나도 모르게 눈을 감았다
그리고 얼마나 지났을까
간호사와 딸의 목소리가 들렸다
그리고 왠지 모를 설움이 북받쳐 올라
눈물을 왈칵 쏟았다
한쪽 다리는 깁스를 한 채
지옥을 다녀온 기분이다
이제 다시는 사랑하는 사람들을 남겨 두고
휴가를 떠나지 말아야겠다

안개비가 삼킨 별

별이 숨어버린 밤
자욱하게 안개비가 내렸다
창밖 교회의 십자가도
불이 꺼진 지 오래되었다
하느님도 주무실 시간이 되었나 보다
앞을 가늠할 수 없는 안개비가
별을 삼킨 밤
내 마음도 갈 곳을 잃은 채
무릎 통증을 베개 삼아
새벽잠을 끌어당긴다

4부

나비의 꿈

버들강아지 봄을 배달하다

입춘 지나자
버들강아시가 보슬보슬한 솜털을 내밀었다

복수초 꽃망울을 보려고
일찍 눈을 떴나

산수유 노란 꽃잎을 보려고
서둘러 고개를 내밀었나

공중 가득
꼬리를 흔들며 내게 왔다

소녀

이제 막 꽃망울이
피어나기 시작했다

맑고 순수한 눈빛이
향기로운 길을 만들고 있다

입김이 닿는 곳마다
꽃망울이 터졌다

너를 만나려고
겨울은 그렇게 길었나 보다

황새냉이

한겨울 가뭄 속에서
장마가 시작되었다

몇 날 며칠 폭우가 쏟아지고
대지 위에 도롯가에
흥건한 물길이 생겼다

한겨울에 강물이 불어났다

개구리도 일찍 깨어나
두리번거린다

황새냉이가 폴짝 대지 위로
뛰어올랐다

넙다리의 수상한 동거

필봉 씨는 깊은 산 속에 자리 잡은
화전민 집터에 굴피로 지붕을 얹고
황토로 벽을 발라 집을 지었다
그날부터 구렁이 암수와도 동거가 시작되었다
햇볕 좋은 날이면 구렁이 두 마리는
누구 눈치도 보지 않고
한 몸이 되어 사랑을 나누었다
필봉 씨는 옆구리가 시리지만
가끔씩 놀러 오는 고라니와 멧돼지와
단비를 친구 삼아 해가 지는 강물을
오랫동안 바라보았다
새들의 노랫소리로 아침에 눈을 뜨고
흐르는 구름을 따라가며
외로운 마음을 달랬다
필봉 씨는 벗 삼아 혼자 살고 있다

설중매

입춘이 지나자마자
홍매화 한 송이 눈을 떴다
며칠이 지나자 가지마다
방긋방긋 꽃망울이 터졌다
그리고 춘설이 내렸다
붉은 꽃잎 위에 내려앉은
눈송이들이 내 가슴을 닮았다

오달이

여덟 살 무렵, 바닥이 훤히 내려다보이는
변소에 갔었다
가난한 시절이다 보니 화장지는 없었고
지난 학년의 교과서를 휴지로 썼다
자식들이 많다 보니
그나마 휴지가 떨어지지는 않았다
볼일을 보며 교과서를 뒤적거리다가
응달과 양달이라는 낱말이 눈에 들어왔다
도무지 무슨 말인지 알 수가 없어서
엄마 손바닥에 써내려갔다
엄마는, 응달과 양달이라고 몇 번이나 말했지만
무슨 뜻인지 어렴풋했다
내 이름 석 자도 모른 채
칠 남매 중 다섯째로 태어났다고 오달이로 불렸다
초등학교에 입학을 하고 나서야
나는 내 이름을 찾을 수 있었다

봄이 나를 찾아왔다

며칠 동안 방에만 갇혀 지내다
서울 가는 버스를 탔다
창 너머로 보이는 대지에는
새싹의 기운이 연둣빛으로 돋아나고 있었다

신록이 유혹하는 삼월의 대지는
처녀 가슴을 설레게 하는
숨결로 가득하다

겨우내 답답했던 마음이
시원해지는 기분이다
잊지 않고 내게 돌아와 준 계절이
한 평도 되지 않는 가슴에
희망의 불씨를 살려 주었다

쓰담 쓰담

춘분 날 아침,
논에서 개구리가 울어댄다
왜 하필 비 오는 날이야
첨벙첨벙 논두렁 한 귀퉁이에서
행여라도 알이 쓸려 내려갈까 봐
개굴개굴 한없이 울어댄다
물이 불어나지 말아야 할 텐데,
바람이 불지 않아야 할 텐데,
조마조마한 심정으로
밤새도록 울어댄다
알들이 깨어나 어미의 목소리를
기억할 날을 생각하며
낮이고 밤이고 쉬지 않고 울어댄다

붉은 사춘기

복사꽃 꽃봉오리가 터질 듯
얼굴 가득 밀려 올라온다
건드리면 곧 터질 듯한
저 꽃봉오리 십 여년 전에도 보았다

여드름 가득한 아들이
내게 물었다
엄마, 저 엄마 아들 맞지요?
아냐, 너 누나 아들이야

나비의 꿈

봄날의 꽃송이처럼 공중 빈 곳을 향해
훨훨 날아가려던 나비 한 마리
날개를 다쳐 주저앉고 말았다
가난이 웬수였던 시절,
통통하게 젖살 오른 두 볼과
앙증맞은 손가락으로 그림을 그리던 아이가
서른이 훌쩍 지나 다시 꿈을 꾸기 시작했다
언제나 엄마의 든든한 친구였고
버팀목이 되어주었던 나비는
함께 비상할 짝을 찾아
다친 날개를 수선해주고 있다
사랑하는 나비야,
부디 너의 날개를 꺾지 말고
넓은 세상 속 빛나는 날개를 펼쳐
마음껏 날아 보려무나
꽃은 내가 피워 놓을게

민들레꽃 그 사람

해마다 봄이 오면
샛노란 눈빛으로 가장 먼저
웃어 주는 사람,
고달프고 힘들어도
힘들다는 말 한마디 없이
묵묵하게 자기 길을 걸어온 사람,
가족이 뭔지
자식이 뭔지
든든한 가족의 중심에서
시골 간이역 정원에서
한 그루 목련 나무로 서 있는 사람,
올해도 당신이라는 꽃이
가장 먼저 나를 반기며 피어나서
행복합니다
사랑합니다

바보 아빠

학교 끝날 시간 비가 내렸다
제법 굵은 빗줄기에 발만 동동 구르고 있는데
눈앞에 멋쩍은 미소를 지으며
아버지가 나를 불렀다
양어깨는 반쯤 젖은 채
언제부터 서 계셨는지
입술도 파래져 있었다
"우리 아들 비 맞을까 봐…"
말이 채 끝나기도 전에
우산을 건네자마자 앞서가는 아버지,
그 뒷모습이 따뜻하고
아름다웠다
우리 아빠는 바보다
정말 바보다

달의 눈물

비가 오려나
달이 보이지 않는다
캄캄한 어둠만 봄밤을 따라오고 있다

별빛도 보이지 않는다
내일이면 춘분이라는데
벚꽃도 곧 피어날 텐데

한바탕 비가 내리고 나면
꽃들도 기지개를 켜려나?
구름 속에서 달의 눈물이 찔끔,
옷깃을 적셨다

내 친구는 거시기

밤 열 시가 지날 무렵,
봄비가 억수 같이 쏟아지는 소리에
무엇에 홀린 듯 집 밖으로 나왔다
꿈인 듯 생시인 듯
친구의 목소리를 들었기 때문이다
정원의 나뭇가지마다
빗방울이 튀어 오르느라
함성 소리 들려온다
이 비 그치고 나면 햇살 듬뿍 받은
대지도 춤을 추며 깨어나겠지
나를 불렀던 친구들도
꽃송이를 활짝 피우며
말을 걸어올 것이다

당신이 있기에

죽음의 문턱까지 다녀오느라
수고 많았소
그런 당신에게서
삶의 진실한 향기가 나오

폭풍우 몰아치는
세상 풍파에 맞서
하루하루를 성실하게 살아내는
그 웃음 뒤엔
고단한 삶의 상처가 배여 있다는 걸,
알고 있다오

당신의 곪아 터진 마음 뒤엔
깊은 생의 향기가
수선화 향기로 흐르고 있다는 걸
오래전부터 알고 있다오

내가 세상을 살아가는 이유도
오직 당신이 있기에 꿈을 꿀 수 있다오

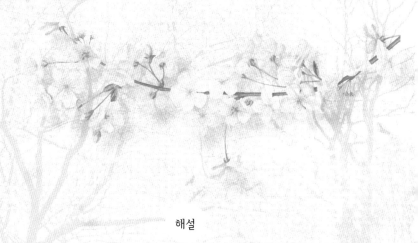

인간 친화적인 시와 삶의 카테고리를 풀어내는
수사와 상징, 이미지를 풀어내다

- 정든역 첫 시집『꽃 피는 봄날』을 읽고 -

김남권(시인, 계간『시와징후』발행인)

인간 친화적인 시와 삶의 카테고리를 풀어내는 수사와 상징, 이미지를 풀어내다

― 정든역 첫 시집 『꽃 피는 봄날』을 읽고

김남권(시인, 계간 『시와징후』 발행인)

    정든역 시인의 시는 자연친화적이다. 조금 더 구체적으로 말하자면 '인간 친화적'이다. 그의 삶이 자연으로부터 시작되었듯이 지천명을 한참 넘기고도 자연에 깃들어 어울리며 사는 일들에 익숙하고 그것에 깃들어 사는 사람들과 마음을 나누며 사는 일에 진심이다. 모름지기 시인은 사람의 마음에 깃들 줄 알아야 한다. 사람의 마음을 읽을 줄 알아야 진정한 시인이 되고, 자연과 사물의 이면까지도 들여다보고 감정이입을 하는 경지에 다다르게 되는 것이다.

'시절 탱이', '봄에는 개떡을 먹어야 한다', '인삼꽃', '개 같은 날의 오후', '만 원짜리 오빠' 등 5편의 시는 '계간 연인'에 추천된 시편들이다. 정든역 시인의 시선은 그의 삶이 어느 지점에 머물고 있는지 그 생생한 심상의 근거를 보여주고 있다.

'시절 탱이'는 시기와 절기도 모르고 날뛴다는 뜻이지만 조금 다른 뜻으로는 주로 친근감을 표현할 때 쓰이고 있다. 이 시에서처럼 동물들과도 교감하는 작중 화자와 가축의 심정적 교류가 시의 내면에서 은근한 미소를 짓고 있다. '봄에는 개떡을 먹어야 한다'는 시골살이의 정서를 대변하고 있다. 이른 봄, 자연의 기운을 듬뿍 받고 처음 돋아나온 쑥을 뜯어서 추억 속의 음식을 만들어 가족과 이웃과 나누어 먹는 일은 약이 되고 추억이 된다. '인삼꽃'은 꽃을 따주어야 인삼이 6년 후 사람 닮은 모습으로 실하게 자랄 수 있기에 인삼은 홍역을 앓고, 사람은 그 인삼의 홍역을 담보로 심연에 꽃을 피워야 한다는 것을 상징적으로 보여주고 있다. '개 같은 날의 오후'는 '짐승도 벌레도 모두 죽고 나면/인간도 결국 죽고 말 텐데/무엇으로 생명을 이어갈 것인가'라는 자조적인 물음을 통해 동물과 약육강식의 논리나 생존을 위한 소모품 정도 취급하는 상생의 역설을 보여주고 있다. '만 원짜리 오빠'는 출판기념회의 에피소드가 시로 탄생된 재미를 선사하고 있다. 시가 생활이 되고 생활이 시가 되는 가장 자연스럽고 인간 친화적인 시가 공감과 감동을 불러올 수 있다는 시적 본질에 충실

하고 있다고 생각한다.

김장하는 날이다
아침부터 이리저리 분주하다
강아지도 덩달아 뛰어다니고
뒤꼍의 닭들도 푸드덕거린다
멧닭, 청닭, 암탉, 열댓 마리가
한꺼번에 횃대 위로 날아올랐다가
시도 때도 없이 울어댄다
맛있는 배춧잎을 주어도 그때뿐이다
김장 소를 넣던 언니가 소리쳤다
"시끄럽게 울어대는 놈들부터
잡아먹는다"
말귀를 알아들었을까
철없는 시절 탱이들 일순 조용해졌다
말귀를 못 알아듣는 건 아무래도
사람뿐인 것 같다

－「시절 탱이」 전문

사람도 말귀를 못 알아듣는 세상이다. 자신이 듣고 싶은 말
만 듣고 다른 사람의 말은 일체 들으려고도 하지 않는 것이
요즘 사람들의 특징이다. 그러다 보니 거짓이 진실로 둔갑하
기도 하고 진실이 짜깁기되어서 거짓으로 포장되기도 한다.

그러다가 끝내는 극과 극을 달리는 사람들이 만나면 피 튀기는 싸움을 벌이다가 토론이란 걸 해보기도 전에 상대를 나쁜 사람 취급하며 각을 세우는 갈등의 세상을 만들어 간다. 우리가 잔인무도한 사람을 '짐승 같다'고 표현하는데 요즘은 그 말조차도 짐승들에게 미안하다는 생각이 들 정도다. 짐승들도 사람과 어우러져 살아가는 가축이 된 지 오래다. 개, 돼지, 고양이, 강아지, 송아지, 닭과 오리들도 사람의 말을 어느 정도 알아듣는다. 정든역 시인은 그래서 오히려 사람보다 나은 짐승도 있다는 걸, 이 시를 통해 요즘 세상을 살아가는 사람들에게 역설적인 메시지로 전달하고 있다.

바람이 살랑거리는 들녘,
사방에 쑥 천지다
하루가 다르게 쑥쑥 자란다고
쑥이라고 했던가

그냥 먹으면 쓰지만
떡을 해 먹으면 감칠맛이 나는
약으로 먹어도 좋고
차로 마셔도 좋은 그것을,

두꺼비 같은 손으로 조물조물 빚어내어
밥물 위에 얹으면

찰떡같은 개떡이 입맛을 부추긴다

봄에는 역시
처음 나온 쑥으로 빚은 쑥개떡이 최고다

- 「봄에는 개떡을 먹어야 한다」 전문

한국 전쟁 이후 1980년대 초까지 우리 사회는 보릿고개의 후유증을 앓던 시간이었다. 도시와 농촌의 소득 격차는 날로 커지면서 농사를 포기한 청년들은 도시의 공장으로 취업을 위해 학업마저 포기하고 무작정 자리를 옮겼다. '이촌향도'라는 말도 그때 생겨났다. 그 시절에 양식을 늘려 먹고 배고픈 속을 달래기 위해 봄이 오면 들판에 지천으로 나오는 쑥을 뜯어서 밀가루에 버무려 쑥개떡을 해먹었다. 이런 쑥개떡은 소득 수준이 높아지고 먹고살 만해진 2000년대에 들어서도, 그리고 향수를 불러오는 별미로 우리들의 기억을 소환하고 있다. 이제는 오히려 건강식품이라는 명목으로 인기를 얻고 있다니 격세지감이 아닐 수 없다. 올해도 어김없이 들판으로 나가 쑥을 뜯어 오고 개떡을 만들었을 시적 화자는 정든역 시인의 유년 시절을 불러오고 있다.

상쾌한 새벽, 그놈을 만나러 간다
정을 주지 말았어야 하는데

어두침침한 그늘을 헤집고
그놈 멱을 따러 간다

끝도 안 보이는
이랑을 일렬로 늘어서서
싱싱한 모가지를 꺾는다

미안함은 뒷전이다
맛은 일품이고
몸보신에도 최고다

6년 후, 사람 닮은 형상으로
세상에 나타날 그놈을
토종닭 한 마리 잡아 놓고
푹 고아서 가족들 먹이면
얼마나 기력이 살아날까?

모가지를 꺾어주어야
튼튼하고 건강하게 자랄 운명인
그놈은
해마다 봄이 오면 홍역을 앓아야 한다

- 「인삼꽃」 전문

'인삼꽃'을 생전 처음 먹어 본 적이 있다. 정든역 시인이 인삼 에서 따온 귀한 것이라며 챙겨 온 덕분에 인삼의 기운을 품고 이른 봄 첫 꽃을 피운 상서로운 그 꽃을 먹었었다. 6년이 지나면 귀한 대접을 받으며 팔려 나갈 인삼의 기운을 몸에 밀어 넣으며, 그 꽃을 따는 심정은 어떤 것이었을까 가늠해 보기도 했다. 모가지를 꺾어주어야 튼튼하고 실하게 자란다는 것은, 모든 식물의 습성인 듯싶다. 콩도 그렇고 팥도 그렇고 과일들도 꽃을 솎아내야 튼실하고 탐스럽게 열매가 달린다. 사람도 정신적으로 튼튼해지려면 상처를 입기도 하고 바닥을 맛보기도 해야 한다. 그런 시간들을 겪고 나야 진짜 사람이 된다. 인삼꽃은 사람을 닮은 인삼의 모습을 통해 진짜 인삼이 되는 과정을 사람의 모습으로 감정이입한 상태를 상징적으로 보여주는 시라고 할 것이다.

멧돼지는 배고픔을 못 이겨
인가를 찾아 내려왔다가
사람들이 놓은 덫에 걸리고 말았다

고라니는 사리분별 못 하고 도로에
뛰어들었다가 차에 치이고 말았다

꿩은 감자밭 한가운데 알을 낳았다가
트랙터 발길에 새끼를 모두 잃고 말았다

풀밭을 날아오른 암모기는 번식을 위해
사람 피를 빨다가 맞아 죽었다

사마귀는 모기 흉내를 내다가
두꺼비 먹이가 되고 말았다

지렁이는 흙 속에서 단잠에 빠져 있다가
농부의 삽날에 잘려 죽고 말았다

짐승도 벌레도 모두 죽고 나면
인간도 결국 죽고 말 텐데
무엇으로 생명을 이어갈 것인가

-「개 같은 날의 오후」 전문

  '개'는 '참'의 본말이다. 우리가 익히 알고 있기도 하지만 상
대적으로 외면하고 천대하는 의미로 아무런 의식 없이 '개'
를 붙이고 있는 식물들은 알고 보면 '참'이 있기 전 본래의 종
자였고, 본래의 식물이었던 것이다. 개복숭아, 개똥참외, 개
똥쑥, 개당귀, 개나리 등 절대로 하찮게 볼 수 없는 것들이다.
'개 같은 날의 오후'는 인간들의 욕심과 무지로 인해 무참하
게 죽임을 당하거나 그 존재의 불행에 대한 경고를 보여주고
있다. 짐승도 벌레도 인간도 죽을 수밖에 없다. 그 존재에 대

한 가치를 살아 있는 동안 존귀하게 누리려면 우리는 무엇을 생각하며 무엇을 지키며 살아갈 것인지에 대한 질문을 던지게 한다.

세 살짜리 동생이 생겼다
입이 얼마나 영글었는지 두 손 두 발 다 들었다
오빠~~ 한 번 해봐
이잉~~~~
손주가 없는 할아버지가 만 원짜리를 내밀며
다시 사정을 했다
오빠 한 번 해봐
세 살짜리는 만 원을 바로 낚아채고
오빠, 오빠,
하하하
늙은 오빠 입이 귀에 걸렸다
만 원을 주고 세상을 다 얻었다
오늘 달무리 출판기념회는 완성되었다
미래에 올 손주에게 복채도 미리 주었으니
내 인생도 가불하고 싶은 밤이다

– 「만 원짜리 오빠」 전문

아이들이 어느 때보다 소중한 시대를 살고 있다. 시골에서 아이들의 울음소리가 사라진 지 오래다. 길을 가다가 유모차에 아이들이 타고 가는 모습만 봐도 저절로 미소가 생기고 눈을 맞추고 싶다. 젊은 사람들은 결혼을 해도 아이를 낳지 않으려고 한다. 자기들끼리 먹고 살기에도 벅차기 때문이다. 선진국이 되었다고 하지만 아이들의 미래를 위한 대안은 후진국을 벗어나지 못한 채 끊임없이 기성세대의 희생을 강요하는 국가 정책 때문에 다음 세대와의 소통이 단절된 갈등의 시간을 보내고 있는 것이다. '만 원짜리 오빠'는 아이들이 귀한 시대에 만나게 된 세 살짜리 아기의 모습을 통해서 우리가 얼마나 많은 위로와 기쁨을 받을 수 있는지를 단적으로 보여주고 있다.

봄날의 꽃송이처럼 공중 빈 곳을 향해

훨훨 날아가려던 나비 한 마리

날개를 다쳐 주저앉고 말았다

가난이 웬수였던 시절,

통통하게 젖살 오른 두 볼과

앙증맞은 손가락으로 그림을 그리던 아이가

서른이 훌쩍 지나 다시 꿈을 꾸기 시작했다

언제나 엄마의 든든한 친구였고

버팀목이 되어주었던 나비는

함께 비상할 짝을 찾아

다친 날개를 수선해주고 있다

사랑하는 나비야,

부디 너의 날개를 꺾지 말고

넓은 세상 속 빛나는 날개를 펼쳐

마음껏 날아 보려무나

꽃은 내가 피워 놓을게

- 「나비의 꿈」 전문

　나비는 꽃의 지주이다. 꽃이 없다면 어쩌면 나비도 존재하지 않았을 것이다. 꽃은 사방에 피어 있고 지천으로 피어 있지만 저 혼자서는 아무것도 할 수 없다. 열매를 맺을 수도 없고, 씨를 퍼뜨릴 수도 없다. 바람이 불어오고 나비가 찾아와 주어야 꽃의 운명은 완성된다. 그리하여 세상의 부모들은 모두 자식이라는 꽃을 피우고 널리 그 씨앗을 퍼뜨리고 열매 맺게 하는 나비와 같다. 그러면서 자식들은 동시에 꽃이면서 어느 순간에는 나비가 될 수밖에 없다. 나비의 응원을 받고 꽃이 열매를 맺는 순간, 나비로 다시 태어나는 것이다. 마치 자웅동체인 것처럼, 부모와 자식은 나비와 꽃의 운명을 공유하고 인류의 문명을 이어가는 것이다.

학교 끝날 시간 비가 내렸다

제법 굵은 빗줄기에 발만 동동 구르고 있는데

눈앞에 멋쩍은 미소를 지으며

아버지가 나를 불렀다

양어깨는 반쯤 젖은 채

언제부터 서 계셨는지

입술도 파래져 있었다

"우리 아들 비 맞을까 봐…"

말이 채 끝나기도 전에

우산을 건네자마자 앞서가는 아버지,

그 뒷모습이 따뜻하고

아름다웠다

우리 아빠는 바보다

정말 바보다

– 「바보 아빠」 전문

　세상의 모든 아빠는 힘이 세다. 그리고 한없이 약한 존재다. 아이들에게 아빠는 언제나 우상이다. 어린 시절 바라보는 아빠의 모습은 못 하는 게 없는 절대적인 동경의 대상이다. 힘도 세고 만물박사에 가장의 위엄까지 갖춘 등이 넓은 피난처다. 그렇지만 세월이 지나고 자식들이 나이를 먹어 가고 아빠의 나이가 되었을 때, 아빠는 한없이 초라하고 연약하고 슬픔이 많은 존재라는 걸 깨닫게 되었을 때 가장 많은 측은지심을 갖게 하는 존재이다. 겉으로 표현하는 것에 서툴고 따뜻한 위로와 격려를 한 번도 받아 보지 못하고 부모가 되고 아빠가 되었던 사람, 어느 날 갑자기 가장이 되느라 준비도 없이 세상의 최전선에서 삶을 이어가기 위해 밥벌이에 영혼을 팔아야 하는 사람이 되느라 어색하고 서툴 수밖에 없던 그 사람의 등을 바라보며 생각한다. '우리 아빠는 진짜 바보다'라고.

> 따뜻한 봄날 천지만물이 눈을 뜬다
> 누가 먼저랄 것도 없이
> 사방에서 꽃잎이 피어나고
> 새싹이 돋아나느라 분주하다
> 질경이 소리쟁이 망초대 가시상추
> 눈개승마 쑥부쟁이
> 수줍게 돋아나 입맛을 당긴다
> 냉이꽃이 필 때쯤이면
> 농부의 호미질도 바빠지고
> 배꽃이 필 때쯤이면
> 모내기로 분주해진다
> 옆집 새댁 치맛바람 휘날릴 때쯤이면
> 민들레 애기똥풀꽃 만발하고
> 어린 시절 추억이 돋아나와
> 한바탕 이야기꽃을 피운다
>
> ‒「꽃 피는 봄날」 전문

정든역 시인의 시편들은 유난히 봄에 대한 시가 많다. 꽃 피는 봄날, 봄은 나를 미치게 한다, 봄엔 개떡을 먹어야 한다, 다시 봄을 기다리며, 봄이 나를 찾아 왔다 등등, 십여 편의 시가 봄을 불러오고 있다. 해마다 봄이 오면 산으로 들로 다니며 나물을 뜯어 말리고 반찬을 해먹고 쑥개떡을 만들어 동인들을 주고 아웃들을 초대해 나누어 먹으며 세상의 누구보다 봄이 오기를 학수고대하는 여인이다. 봄이 오는 순간을 가장 신나게 기다리며 즐길 줄 아는 시인이다. 그리하여 정든역 시인은 강원도 산골의 작은 마을 '봄'역의 역장이 아닐까 생각한다. 해마다 봄이 오면 누구나 한 번쯤은 꼭 들러야 하는 그런 정든역의 역장이 아닐까?

　정든역 시인은 늦깎이 공부 중이다. 늦게 타오른 학구열은 누구보다 진심인 것 같다. 누구보다 열심히 책을 읽고 한번 공부한 것은 잊어버리지 않으려고 노트에 필사하는 일을 지치지 않고 계속하고 있다. 학교 공부도 열심이고 글쓰기 공부도 열정적으로 참여하고 있다. 모든 공부의 실력은 열정에 비례한다. 그리고 타인의 의지에 떠밀려서 하는 공부가 아니라 자발적으로 선택한 학업이기에 누구보다 진심일 수밖에 없다. 남편과 아들, 딸, 가족에 대한 애착이 남다른 정든역 시인은 이제부터 자신의 존재를 키우고 사유하는 시간을 더 많이 할애하며 겸손하게 시와 자연과 사람을 향한 낮은 시선을 키워갔으면 좋겠다.

　올해가 내 인생에서 마지막 봄날이었듯이 내년에 오는 봄은 내 인생에서 또다시 처음 맞이하는 봄날이다. 그러므로 '꽃 피는 봄날'은 늘 새로운 순간이며 새로운 기쁨이며 새로운 인생의 시작이다. 새로운 생명이 시작되는 순간, 봄은 그렇게 계속 다시 찾아올 것이다. 결국 인생의 모든 순간도 봄날의 한때였음을 기억할 때, 선물 같은 봄은 정든역 시인의 미래를 밝혀줄 것이나.

꽃 피는 봄날

펴낸날 2024년 7월 26일

지은이 정든역
펴낸이 주계수 | **편집책임** 이슬기 | **꾸민이** 최송아

펴낸곳 밥북 | **출판등록** 제 2014-000085 호
주소 서울특별시 마포구 양화로 156 LG팰리스빌딩 917호
전화 02-6925-0370 | **팩스** 02-6925-0380
홈페이지 www.bobbook.co.kr | **이메일** bobbook@hanmail.net

© 정든역, 2024.
ISBN 979-11-7223-024-1 (03810)